rua maravilha tristeza

Dados Internacionais de Catalogação na Publicação (CIP) de acordo com ISBD

K66r Klumb, Frederico

Rua Maravilha Tristeza / Frederico Klumb. - São Paulo : Edições Jabuticaba, 2022.
96 p. ; 11cm x 18cm.

Inclui índice.
ISBN: 978-65-00-48362-8

1. Literatura brasileira. 2. Contos. I. Título.

2022-2037 CDD 869.8992301
CDU 821.134.3(81)-34

Elaborado por Odilio Hilario Moreira Junior - CRB-8/9949

Índice para catálogo sistemático:

1. Literatura brasileira: Contos 869.8992301
2. Literatura brasileira: Contos 821.134.3(81)-34

Revisão: Agnes Ghisi e Marcelo F. Lotufo

Design miolo: Marcelo F. Lotufo

Design da capa: Marcelo F. Lotufo e Bruna Kim

Imagem da Capa: "Taller de caretas" de José Luis Gutiérrez Solana

ISBN 978-65-00-48362-8

Edições Jabuticaba
www.ediçõesjabuticaba.com.br
www.facebook.com.br/Edjabuticaba
Instagram: @livrosjabuticaba

rua maravilha tristeza

contos

---

frederico klumb

prólogo

Eu e meu pai sentados no restaurante de um hotel na Bahia. Ele bebeu três Camparis, e quando isso acontece, fala sem parar. Mas desta vez você não conhece a história, anuncia meu pai. É a história de como ele e a minha mãe se conheceram, mas com detalhes. E a verdade é que agora ele tem motivos de sobra, porque há dois dias passamos por Salvador, porque fazia tempo que não nos víamos. Lá vai ele:

"Sua mãe estava se preparando pra fazer a Hedda Gabler. A companhia dela tinha ido pra Salvador um mês antes da estreia, pra terminar os ensaios no TCA. Imagine só, Ibsen naquele teatro que parece uma nave espacial. Mas pra mim, ou melhor, pra que entre eu e a sua mãe acontecesse o que tinha que acontecer, não era o teatro que importava, podia ser qualquer outro, desde que fosse Ibsen. Você deve lembrar que até os seus oito anos eu ainda estava na Stat, aquela empresa de petróleo. Quando a companhia da sua mãe quis fazer Ibsen, foram procurar apoio lá. Fazia sentido, claro, uma gigante norueguesa deveria se interessar por patrocinar uma adaptação de Ibsen, ainda mais deduzindo impostos, e a turma da companhia da sua mãe não era nada boba. Bom, imagino que você saiba quem estava na comissão de aprovação do apoio. Na hora que a sua mãe entrou na sala, senti um calafrio. Era seguramente a mulher mais estranha que eu já tinha visto, não só pela mancha vermelha no pescoço, que de fato chama atenção num primeiro olhar, mas também pela postura, a maneira com que te encarava, segura e distante, como se estivesse incomodada com alguma coisa. Naqueles anos ela parecia estar sempre guardando um segredo, ou então a ponto de desabar, mas se fechava como uma ostra, não deixava ninguém participar do que sentia e não dava a mínima se os outros entendiam ou não o que estava acontecendo. Acho que até hoje eu não consigo entender."

Ele fez uma pausa e olhou na direção da piscina, de frente para a área aberta do restaurante. No final do perímetro, a praia era uma só faixa escura e indistinta, com a areia e o mar se misturando na vista.

"Bom", disse ele, "você sabe do que estou falando, mas naquela época ainda não existia a doença. Talvez fosse um prenúncio, não sei dizer. Fiquei completamente hipnotizado pela sua mãe. Antes dos três terminarem de falar, porque estavam com ela o diretor da peça e uma produtora, eu já tinha meu parecer. Não dependia só de mim, a proposta precisava passar por mais gente, mas fiz o melhor que pude pra ajudar. Eles tinham um contrato fechado pra temporada em Salvador, mas mesmo com casa lotada todas as noites, não seria suficiente pra turnê que queriam fazer."

Meu pai parou de falar de repente e torceu o nariz.

"A citronela está te incomodando?", perguntou. "Acho que acenderam mais tochas do que precisava hoje."

Falei que não ligava para o cheiro, e enquanto ele chamava o garçom e pedia para afastarem as tochas da nossa mesa, fiquei olhando os telhadinhos dos bangalôs, que no escuro pareciam meio fantasmagóricos, como se flutuassem acima da grama.

"Agora está melhor", disse meu pai. "Enfim, não sei como sua mãe contou a história, mas não me lembro de te contar com esses detalhes, e por isso achei que podia interessar. Depois daquela reunião, exatamente três semanas depois, peguei um voo do Rio pra Salvador e fui assistir à estreia. Sua mãe estava fantástica. A Hedda que ela fez era memorável, é até hoje, pelo menos pra mim. Você deve lembrar que a personagem é muito perturbada, vive num conflito permanente, como se dentro dela existissem muitas mulheres brigando entre si. De certa forma, acho que é uma tragédia sobre a condição totalmente solitária de cada um de nós, com a nossa consciência e pensamentos.

A Hedda tem uma capacidade de destruição, uma vitalidade, e a Hedda da sua mãe era perfeita, acho que exatamente por causa daquela ausência, que eu já tinha percebido na nossa reunião e que ela foi capaz de dar à personagem sem tirar sua força original. Saí do teatro pensando que deixaria minha vida ser arruinada por aquela mulher se fosse preciso. Não é brincadeira. Saí de lá pensando que literalmente gostaria de ter minha vida arruinada por ela."

Ele fez outra pausa. Aproveitei a deixa para dizer que não me lembrava tão bem assim da peça, eu nunca tinha assistido, só lido o texto anos atrás com a minha mãe. Mas eu achava que ela ficaria contente se ouvisse a descrição que ele estava fazendo da sua atuação.

"Ela nunca se importou com isso", respondeu meu pai imediatamente. "Nunca se importou com elogios. Nem de críticos, nem de pessoas próximas. Na verdade, acho que ela não gostava mesmo de receber elogios, ficava desconfiada."

Ele fez uma careta, como se não entendesse direito o comportamento da minha mãe. Depois levantou o copo quase vazio, fazendo sinal para o garçom e pedindo outro Campari, e voltou a falar:

"Acho que posso pular a parte da conquista, o cortejo et cetera. Eu estava encantado por ela, que por sua vez estava solteira e acho que também gostou de mim. Nós dois éramos jovens, mas nem tão jovens assim, e descobrimos que tínhamos planos em comum. Parecia que a vida estava afunilando, era isso que eu sentia, e achava que era hora de fazer escolhas mais definitivas. Dos primeiros jantares à primeira viagem, foi um pulo. Enquanto a temporada da sua mãe não terminava, fiquei repetindo o mesmo itinerário de voos: do escritório no Rio até Salvador nos fins de semana, e depois de volta pro Rio. Quando a temporada finalmente terminou, o apoio pra turnê tinha sido aprovado, mas ela só começaria em três meses, porque os atores precisavam descansar. Propus pra sua mãe que voltássemos juntos pro Rio, mas ela queria aproveitar as últimas semanas na Bahia pra conhecer Vitória da Conquista, a cidade onde nasceu o Glauber Rocha. Não me atrevi a me incluir, mas imagino que ela tenha percebido que eu queria ir também e fez o convite. Sua mãe disse que desde que tinha se tornado atriz sentia vontade de visitar a cidade, só andar por ela. Não é um lugar turístico, na verdade não parece nem um pouco com a imagem que a gente costuma fazer da Bahia."

Ele fez uma pausa e olhou para a praia escura na nossa frente.

"Não se parece com *essa* Bahia", completou. "Um lugar cheio de morros, a quase mil metros do nível do mar, a cidade onde a sua mãe queria ir. Combinei com ela que eu voltaria ao Rio pra organizar as coisas no trabalho e que depois nos encontraríamos de novo em Salvador, de onde pegaríamos o avião até Vitória da Conquista. Não levei muito a sério quando ela me disse pra colocar um casaco na mala, e por isso quando chegamos na Suíça Baiana, que é como os moradores chamam a cidade, tomei um susto. Fria de doer, a temperatura caía inacreditáveis dez graus de madrugada."

O garçom trouxe o Campari. Meu pai bebeu um gole. Em seguida, esticou o copo na minha direção.

"Um brinde ao amor", disse. Levantei o meu copo com refrigerante também e os vidros se tocaram.

"Agora vem a melhor parte", continuou ele. "Isso eu lembro de já ter te contado."

Perguntei se ele estava falando dos passeios de moto.

"Isso mesmo. Mas o que você talvez não saiba é que os planos da sua mãe incluíam, sim, uma motocicleta, mas qual de nós dois sabia pilotar? Não sei muito bem por que ela cismou com isso, mas a verdade é que estava certa. A cidade era cheia de ladeiras, com vistas panorâmicas para o seu pequeno vale habitado e entardeceres azul-amarronzados, sem um pingo de vermelho, como se fosse iluminada por um sol de gelo. Sem dúvida, o melhor jeito de se locomover ali era mesmo numa motocicleta, e quando a sua mãe contou que tinha imaginado a viagem assim, os olhos dela brilhavam tanto que eu acabei me atrapalhando e inventando uma mentira, dizendo que sabia pilotar. Que correria. Passei a semana toda no Rio aprendendo a dirigir uma moto, todos os dias depois do trabalho eu ia até a casa de um amigo, o Caio, que tinha uma na época, e treinava três, quatro horas. Talvez seja genético. Porque na família do seu avô corria uma história que ouvi na infância, sobre um tio, irmão dele, que de tanto ver os peões na fazenda dirigindo a caminhonete, os primos dirigindo a caminhonete, quando precisou dirigir sentou no volante e saiu com o carro como se fizesse aquilo a vida toda. Comigo não foi assim, vamos dizer, tão satisfatório, mas o fato é que no fim de uma semana eu sabia pilotar motos, razoavelmente."

Ele deu um suspiro rápido.

"Espero que eu não esteja te aborrecendo", disse. "Faz tanto tempo que a gente não conversa e eu despejando esse monte de informação em você."

Falei que estava gostando de ouvir aquela versão da história, eu só sabia dela pela versão da minha mãe e algumas menções que ele mesmo tinha feito em outros momentos, mas não sabia dos detalhes. Perguntei por que ele nunca tinha contado tudo aquilo e meu pai respondeu que não encontrou o momento certo. Que quando saiu do país, na época em que mudou de empresa, eu era muito novo, e que a partir de então nós tínhamos nos distanciado, o que admitia ser sua culpa.

"Enfim", disse ele. "No fim das contas deu tudo errado. Quer dizer, não tudo, porque logo depois veio você. Mas a sua mãe não ficou bem naquela viagem. Olhando da distância que eu tenho agora, diria que alguma coisa se quebrou mal tendo começado, algo parecido com um acidente infantil, talvez, uma coisa horrível, porque desestabiliza os nossos conceitos de futuro. É difícil admitir a nós mesmos que algo apodreceu pouco depois de vir ao mundo, mas sinto que a sua mãe de alguma forma sabia que não estava bem e que algo de errado aconteceria, ela sempre pressentia esse tipo de coisa, e nunca fazia nada a respeito. Eu, como você sabe, sou o contrário. Não sou de prestar atenção no que acontece comigo, dificilmente dou sentido às coisas enquanto elas estão acontecendo. Só que quando aquela moto alugada quebrou no alto de uma ladeira, tarde da noite, confesso que até eu senti uma coisa estranha. Eu pilotava aos trancos e barrancos, às vezes me enganando com as marchas, forçando o motor, mas não sei se era suficiente pra fazer com que a moto quebrasse. De repente, nós nos vimos no meio de uma cidade totalmente desconhecida, no escuro, sem saber pra onde ir e tendo que empurrar uma motocicleta. Falei pra sua mãe que precisávamos ir na direção do vale, porque assim faríamos menos força descendo a ladeira, e eu poderia usar os freios, que funcionavam, mas ela não concordou, queria seguir subindo até o final da ladeira, queria subir mesmo sem a menor pista de uma casa, restaurante, bar, nada até onde a gente conseguia ver. Sentamos os dois no chão por um momento. Acho que só não brigamos bem sério ali mesmo porque ainda estávamos apaixonados, mas discutimos até cansar. Então, depois de uns minutos em silêncio, quando não tínhamos mais nada pra dizer, ouvimos um barulho que parecia uma música. Era sutil, bem baixo, mas não parecia vir de muito longe. Aquilo foi como uma bofetada da vida bem na minha cara, como um recado do silêncio. Percebi que a gente só não tinha ouvido aqueles ruídos porque não parávamos de falar e nos desesperar um com o outro. Que, ficando quieto, dava pra ouvir o barulho da música, uma coruja piando em intervalos e um ou outro caminhão cruzando o vale. Até o vento eu conseguia ouvir se ficasse quieto o bastante. É. Nessa hora a sua mãe venceu. Arrastamos a moto até o alto da ladeira, de onde parecia estar vindo a música. Talvez ela tenha te contado o que encontramos lá em cima, no meio do nada."

Respondi que sim, eu me lembrava dessa parte, mas queria ouvir a versão dele assim mesmo.

"Claro", disse o meu pai. "Mas o clímax não vai ter nada de novo. A gente encontrou um terreiro. Era noite de festa, não lembro exatamente qual. E o final da história você sabe: deixaram a gente entrar, chamaram um guincho pra moto. Enquanto a gente esperava o reboque, ficamos observando o que acontecia lá dentro, impressionados com a visão daquelas mulheres vestidas de branco e girando, os enfeites nas paredes e nas cadeiras, as cores, coisas que para nós, que tínhamos sido levados até lá pelas mãos do acaso, tinham um ar irreal. Daí, depois de uns minutos assistindo às danças, a sua mãe teve algum tipo de vertigem, não sei, ela passou mal e desmaiou. Posso dizer que o pessoal da casa foi nota dez. Uma mulher levou sua mãe pra um quarto, deitou ela numa cama, até rezou por ela. Alguns dias mais tarde, quando estávamos pra voltar pro Rio, pouco antes de pagar o hotel e pegar o táxi pro aeroporto, sua mãe sumiu. Eu saí do banho e não encontrei ela no quarto. Naquela época não existia celular, então fui até a recepção perguntar se alguém sabia dela, se por acaso ela tinha deixado um bilhete, mas descobri que nem uma coisa nem outra. Fui até a rua, já um pouco preocupado, porque se eu tinha entendido algo sobre a sua mãe, é que ela podia ser bem imprevisível. Felizmente não precisei me agoniar demais. Em frente ao hotel havia uma barraquinha de acarajé e outras comidas típicas, e lá estava a sua mãe, conversando com a menina de no máximo doze anos que estava atrás da panela. As duas sorriam como se se conhecessem há tempos e a cena era bonita de ver. Depois, quando voltamos pro quarto, pra pegar as malas e tomar o táxi, sua mãe, que tinha ficado monossilábica ao me ver lá embaixo, disse:

Às vezes acho que a vida humana é um milagre. Falou assim mesmo, sem preâmbulos nem explicações, mas nunca esqueci isso."

la cumbre

A história de Laura aconteceu numa época em que ela havia conseguido juntar um pouco de dinheiro fazendo bicos como modelo fotográfica e decidiu viajar de carona pela Argentina, seu país de origem. Às vezes ela parava nas cidades por uma ou duas semanas, às vezes seguia adiante, só pernoitando onde chegava. Fato é que quando estava a caminho de Córdoba, Laura pediu abrigo a uma conhecida da sua mãe, que ela sabia que era estilista e tinha uma confecção de roupas por lá.

A mulher se chamava Florencia, e num primeiro momento pareceu a Laura boa e honesta, embora um pouco chata. Colocou uma série de regras e condições para a permanência dela na casa, mesmo que só por três ou quatro dias. Era também uma pessoa solitária, que dizia só poder contar com dois sobrinhos no mundo.

Já na segunda noite, Laura conheceu os sobrinhos. E não pôde deixar de se perguntar se Florencia os tinha convidado à casa só para que a conhecessem, afinal, Laura era uma mulher bonita, e o mais velho, como a tia fazia questão de repetir, estava solteiro. Este se chamava Lizandro e disse ser dramaturgo. O mais novo se chamava Santiago, e quando os dois chegaram, Laura percebeu que ele tinha algum tipo de deficiência mental. Os irmãos moravam juntos, o que significa dizer que o mais velho cuidava do caçula, e Laura gostou disso de imediato. Não estava em seus planos, mas duas noites depois, acabou saindo com Lizandro. A primeira coisa que ele perguntou a ela foi: "Você não tem medo de viajar sozinha?", ao que Laura respondeu: "Você acha que eu deveria ter medo?". Bastaram menos de cinco cervejas para que Lizandro a convidasse a ficar em sua própria casa. Explicou que gostava muito da tia Florencia, mas sabia que ela era uma senhora de manias, o que para um hóspede, podia acabar se tornando um incômodo; além disso, em sua casa só moravam ele e o irmão, havia espaço de sobra. Sem refletir muito sobre as possíveis consequências dessa decisão, Laura aceitou o convite. Os irmãos eram sobrinhos de Florencia, afinal, não totais desconhecidos.

Aos poucos, Lizandro foi ganhando a confiança dela. Era quase dez anos mais velho do que Laura, e não exatamente o que se pode chamar de um homem atraente, mas parecia tranquilo e seguro, o que em alguns casos talvez valha mais do que beleza. Os dois irmãos moravam num bairro afastado do centro e a casa deles parecia o resultado do cruzamento de uma caverna com uma cabana. Laura se adaptou rápido à rotina, Lizandro sempre dividia as tarefas domésticas, e sobrava tempo para ela se dedicar a outras atividades do seu interesse, como ler e estudar moda. Era também Lizandro quem fazia as compras, e isso no início incomodou Laura, mas depois acabou vindo a calhar, porque ela não estava trabalhando e seu dinheiro para a viagem já escasseava.

Em alguns domingos, eles apresentavam pra ela uma peça escrita por Lizandro. Montavam todo o cenário com tampinhas de garrafa e pedaços de papelão. Durante o espetáculo, Santiago caminhava com um rodo, empurrando as tampinhas e criando caminhos com elas no chão. O único ator em cena, que era sempre Lizandro, tinha que ir pulando de um ponto vazio a outro, a cada parada recitando um curto solilóquio da sua escolha.

Nas primeiras vezes em que assistiu ao número, Laura até gostou do que viu, o texto não era ruim, havia qualquer coisa graciosa naquela brincadeira entre irmãos. A partir da terceira vez, no entanto, pensou que havia algo estranho na dinâmica, as repetições, a seriedade com que os dois se dedicavam ao evento. Além disso, ela começou a se sentir ligeiramente entendiada, mas como os espetáculos não eram assim tão frequentes achou por bem esperar mais um pouco, tentar arrumar um trabalho temporário em Córdoba para juntar mais dinheiro e só então decidir o que fazer.

Assim as semanas passaram e Laura foi ficando na casa. Agora ela e Lizandro dormiam na mesma cama, como se fossem marido e mulher, e, às vezes, Laura até se perguntava se não estava se comportando um pouco como mãe de Santiago, que tinha se afeiçoado muito a ela e vivia por perto, seguindo-a por todo os cantos da casa. Às vezes, isso incomodava Laura, porque não era sua intenção assumir esse tipo de responsabilidade, embora de certa forma, sem perceber, ela já tivesse assumido.

Quando já estava há mais ou menos um mês com os irmãos, ao chegar em casa de surpresa depois de uma tarde fora, Lizandro flagrou Laura dobrando e organizando suas peças de roupa, com a mochila de viagem aberta sobre a cama. Ficou parado no corredor por uns segundos sem acreditar no que via, como um manequim no escuro, incógnito tempo o suficiente para ver Laura tirar um canivete de dentro de um bolso da mochila e colocá-lo na bota, junto à sua canela. Lizandro não aguentou mais olhar e entrou. Então ela estava indo embora, disse, quando é que ela pretendia dar a notícia, quando estivesse bem longe dali? Não sem alguma ironia, Laura respondeu que nada era assim *tão* urgente, mas que de fato tinha decidido ir embora, achava que era hora de seguir viagem. Os dois discutiram e ficou claro para Laura que Lizandro esperava que ela ficasse indeterminadamente na casa, desistindo da viagem e silenciosamente se tornando sua companheira. Impressionava Laura, no entanto, que ele intuísse algo assim, uma vez que ela nunca havia dito nada nesse sentido. Sabendo que o momento pedia que fosse clara, Laura explicou que de uns dias pra cá estava se sentindo mal na casa, não se julgava apta a representar o papel de mãe de Santiago, era triste, mas a verdade é que era jovem demais para tanta responsabilidade.

No início, Lizandro não aceitou muito bem a decisão de Laura. Mas depois de alguma insistência, ele finalmente pareceu se conformar. Disse então que, se ela estava mesmo decidida, havia um lugar em Córdoba que precisava conhecer antes de ir, que não era longe e que seria uma espécie de despedida para eles. E Laura mais uma vez acabou cedendo, mais para poder ir embora depois sem ressentimentos do que qualquer outra coisa.

No dia seguinte, os três pegaram o carro de Lizandro e dirigiram até La Cumbre, um pequeno município montanhoso próximo de Córdoba, onde o dramaturgo alugou um chalé parecido com a sua própria casa, apenas um pouco maior. O plano era ficarem quatro dias e depois retornarem a Córdoba, onde Laura se despediria e finalmente seguiria viagem.

Chegaram ao povoado num final de tarde, arrumaram o quarto onde ficaria Santiago, comeram um pouco de pão e viram um filme. Depois disso, Santiago, que estava muito ativo, disse a

Laura que queria brincar de teatro, mas ela estava cansada e pediu para que deixassem para outro momento. Como ele continuou insistindo, Lizandro interveio, mas enquanto fazia isso acabou perdendo um pouco a mão. Segurou o irmão pelo braço e, embora não tenha gritado, disse que Santiago não era mais criancinha, que precisava respeitar Laura, que agindo desse jeito ele a afastava dos dois. Logo depois de dizer isso, Lizandro pareceu se arrepender, foi levando Santiago, que agora estava calado e olhava ora para o irmão, ora para Laura, até a varanda.

Na manhã seguinte, logo bem cedo, enquanto Laura e Lizandro preparavam o café, Santiago subiu na mesa (uma mesa de alvenaria grande, presa ao chão da cabana) dizendo que era Dom Quixote. De pé, começou a recitar o que seriam trechos do livro. Santiago dava o texto de cabeça. É claro que poderia estar inventando, pensou Laura, que não havia lido Dom Quixote e não tinha como saber, mas de um jeito ou de outro, a destreza com que Santiago falava e se movimentava era impressionante.

O restante desse dia não teve nada digno de nota. Laura mergulhou a cabeça num livro, em parte como desculpa para evitar Lizandro, em parte porque não havia muito o que fazer na cabana. No segundo dia, em contrapartida, os três fizeram uma fogueira e passaram o dia bebendo vinho e assando carne. Num dado momento, quando já havia escurecido, Laura se viu sozinha no quintal da casa; Santiago estava no quarto dormindo e Lizandro no banho. Laura ficou ali por mais algum tempo, terminando uma última garrafa de vinho, olhando o fogo crepitar e o céu escuro acima da sua cabeça. Depois de coisa de meia hora, viu uma espécie de luz verde, num matagal a uns cinquenta metros da cabana. Levantou, foi andando em direção ao matagal. Ao chegar mais perto, ficou olhando hipnotizada aquele foco de luz néon, bem no meio das árvores de pêssego-da-serra, acácias, aroeiras e outras espécies típicas. Resolveu se aproximar mais, entrar no matagal. Ela estava meio bêbada e, ao entrar na mata, tomou um susto. A mancha eram centenas de vagalumes, e bem no meio deles, Laura viu Santiago, segurando uma rede de caçar insetos, com um coelho morto pendurado no cinto. Santiago não a viu se aproximar; Laura se escondeu atrás de uma acácia. Era tudo muito estranho: primeiro tinha sido a performance do dia anterior, e agora ele estava ali, com a rede na mão e o coelho morto. Na cabeça dela, Santiago não devia conseguir fazer essas coisas, às vezes ele mostrava dificuldade em tarefas muito mais simples, como limpar a casa. Como podia ter montado uma armadilha e caçado um animal? De repente, Santiago se virou e viu Laura. Ele correu até ela e, no susto, Laura tirou o canivete da bota, fazendo com que ele parasse no meio do caminho, ao ver a lâmina. Houve uns segundos de silêncio, e então Santiago se sentou no chão e começou a chorar. Sem saber o que fazer, Laura foi até ele, colocou sua mão no ombro do rapaz. Mas o choro não parava, ficava cada vez mais alto, e depois de uns minutos, a única coisa que ela conseguiu fazer foi sair correndo.

Quando chegou na cabana, não viu Lizandro, que provavelmente devia ter saído pra procurar os dois. Ela jogou as roupas na mochila de qualquer jeito, pegou a chave do carro, dirigiu até a cidade. Parou no primeiro estacionamento que viu, anotou num papel o telefone de Lizandro e pediu para o gerente ligar para o número em duas horas e dizer que o carro estava guardado e ele poderia vir buscá-lo. Em menos de quarenta minutos, ela estava dentro de um ônibus para Buenos Aires. No dia seguinte chegou em Gualeguaychú, sua cidade natal. Nunca teve certeza absoluta do que tinha vivido com os irmãos, pediu que sua mãe despistasse caso Lizandro ou a tia procurassem por ela.

rua maravilha tristeza

1

Chamava-se Nilton, era alto e longilíneo e tinha os olhos estranhamente claros para a tez escura. Era como um anjo afundado naquela clínica; nos conhecemos na noite em que cheguei.

2

Assim que vi o casarão retangular, pensei que minha vida tinha se tornado miserável. Eu nem precisava mais conhecer as instituições para saber onde estariam o refeitório, as salas de terapia, onde haveria, talvez, um campo de terra sobre o qual os internos jogavam bola depois das atividades. A única coisa que nunca poderia adivinhar, contudo, era a história de cada um que encontrava lá dentro. Sempre muito própria e, ao mesmo tempo, quase sempre a mesma: os que perdiam na roleta. Os que jogavam a toalha – ou ainda se debatiam com ela, se agarrando desesperadamente a uma das pontas mas retornando sempre ao mesmo ponto, trancados, abandonados, sem crédito. Era o que pensava (embora não com essas palavras) quando alcancei a porta do quarto acompanhado de uma enfermeira. Na hora não dei muita importância, mas antes de entrar tive a impressão de ouvir o som de um violão.

3

No quarto:

O silêncio constrangido no qual cada interno (hoje os médicos preferem paciente) tem alguns segundos para analisar o novato. Foi quando vi Nilton pela primeira vez, ou melhor, seus olhos, e naquele instante eles me pareceram pouco humanos, o que talvez explique, de um modo enviesado mas verdadeiro, a associação que fiz entre sua imagem e a de um anjo.

4

Eu desfazendo as malas. Ninguém se apresentou. Ninguém falou comigo. Sentei na cama e olhei mais uma vez para aquele homem de um metro e oitenta no beliche em frente ao meu. Nos encaramos por dois, três segundos. Eu desvio o olhar e ele se inclina para o lado e pega um violão sobre o colchão. Retoma o samba que eu tinha capturado aos pedaços do lado de fora. Toca baixinho, de maneira que só dê para ouvir dentro do quarto ou bem perto da porta. Depois canta, também com a voz muito baixa:

> "Solidão é lava que cobre tudo
> Amargura em minha boca
> Sorri seus dentes de chumbo..."

5

Havia mais duas pessoas no quarto: um senhor, dormindo no beliche acima de Nilton, e outro paciente que não estava à vista enquanto eu desfazia as malas, enquanto caía de paraquedas naquele quartinho de um subúrbio brasileiro qualquer, enquanto...

6

Logo o outro apareceu, saindo do banheiro. Era um rapaz também negro (mas um pouco mais claro do que Nilton) que aparentava ser apenas uns anos mais jovem que eu; vestia uma bermuda jeans meio justa, estava sem camisa e, numa das mãos – o que fazia a cena se parecer ainda mais com um sonho – segurava um pequeno baseado, queimado pela metade.

Passou por mim quase sem me ver e foi até a única janela do quarto. Depois voltou e, quando passou de novo, disse, estendendo a mão:

"Moacir."

"Vinícius", respondi, e apertei aquela mão suada.

7

Malas desfeitas. Moacir voltou para o banheiro. Mal fechou a porta e um cheiro inconfundível de maconha preencheu o quarto. Isso eu nunca vi, pensei, e repeti o pensamento para Nilton.

"Esse moleque é doido", respondeu Nilton. "Passou na revista com três fininhos no cabelo. Todo dia dá duas bolinhas. Agora me diz, como é que um viciado pode economizar droga desse jeito?"

8

Meia hora depois:

Já apresentado a todos os companheiros de quarto. Só queria que Nilton voltasse a tocar, mas não tinha coragem de pedir. Antes que me desse conta, no meio daquele silêncio iniciático, me vi torcendo para que Nilton tocasse quando eu fosse deitar, tocasse e me fizesse mergulhar num sonho do qual não acordasse mais, ou, pelo contrário, do qual acordasse logo, mas dentro do sonho e fora da minha vida, dentro de um sonho esverdeado e negro e esfumaçado como os olhos de Nilton flutuando sob a nuvem de marijuana do quarto...

9

... Não foi o que aconteceu, ele apenas colocou o violão sobre a própria cama e me encarou.

"E tu?", disse.

"Eu o quê?"

"Como chegou, pô. Teus pais?"

"Não. Vim sozinho mesmo."

"Tá cansado, né?"

"Tô. Muita ressaca..."

"Não, cara. Cansado da droga."

Tento sorrir, me sentindo bastante ridículo, mas o sorriso sai falso e Nilton entende que ofendeu.

"Qual a sua droga?", emenda ele.

"Cocaína."

"Diabo ralado...", diz, e mexe a cabeça para os lados.

"E a sua?"

"Adivinha."

"Álcool..."

"Acertou."

"Álcool é bem ruim também", pondero eu.

"É, mas eu bebia em casa. Não dava escândalo, sabe como é? Não batia em mulher e essas porras."

"No final, a pior doença é a nossa", digo eu citando Narcóticos Anônimos. "Porque é nossa."

"Já vi que não é tua primeira vez", responde Nilton.

"Quem dera."

"Vai conseguir. Tem que morder concreto, mas tu vai conseguir, garoto."

"E essa bíblia?", continua Nilton, olhando para minha mão. "Tu é evangélico?" Só então percebo que ainda seguro a bíblia na mão esquerda.

"É o único livro que passa de primeira na revista. Eu gosto de ler, ela acaba servindo enquanto a psicóloga não aprova os outros."

Os dentes, tão brancos, perfeitos...

10

Cinco dias depois, mas pareciam cinco meses. Já conhecia quase todos os pacientes, pelo menos de vista. Como sempre, uns chamavam mais atenção. Por serem engraçados; por serem diferentes de mim; porque escancaravam o desespero a que alguém pode chegar. Personagens. Sempre pensei que alguns dos pacientes que conheci dariam ótimos personagens. Às vezes pensava que um grande escritor teria percebido isso e se internado numa clínica só para colher a vida em máxima concentração que eu via ali; às vezes me perguntava se Hemingway, por exemplo, não teria ido à guerra pela mesma razão, mas eu não conheci Hemingway, e eu não era um grande escritor. Na verdade, eu não fazia a menor ideia de quem eu era.

11

Almoço do sexto dia:

Um pedaço de frango, feijão e farofa. Frango sem gosto de frango. Corria o boato de que a cozinheira andava colocando bicarbonato de sódio nas refeições porque domingo haveria visita. Se os internos ganhassem peso e surgissem inchados e rechonchudos para os familiares, talvez parecessem sadios. Metade da clínica também andava desconfiada com a passagem relâmpago de um paciente: um homem de uns cinquenta anos que ficou internado apenas três noites e sumiu como fumaça, o que fez alguns pensarem se tratar de um policial federal infiltrado (um dos pacientes era sobrinho de um traficante da região). Clima de conspiração no ar, como nos livros.

12

Mesmo dia, depois do almoço:

Eu e Nilton sentados na grama, com as costas numa pilha de materiais de construção e de frente para um barranco que sobe do portão até o campinho de futebol. Nilton me fala sobre a carreira de sargento no exército e de uma namorada de juventude que nunca tinha esquecido. Tento puxar na memória algum episódio interessante da minha vida, mas não me vem nada. Resolvo mentir, invento que durante certo tempo carregava uma pistola trinta e oito comigo. Nunca soube se acreditava ou não nas minhas mentiras.

13

Dois dias depois, em frente ao mesmo barranco, Nilton outra vez ao meu lado. A cena quase se repete. Se o tempo é infinito, aqui deve ser um pouco mais. Evito pensar no tempo. Há quantos dias estou aqui? Sete? Quinze? Estou em silêncio, pensando e olhando para o portão como se riscasse tracinhos numa parede imaginária, quando Nilton me interrompe:

"Quer fugir, Vinícius?"

Sorrio e ele sorri de volta, os dentes cada dia mais brancos, brancos...

"Tava pensando no quê?", pergunta ele.

"Muita coisa."

"Fala uma."

"Sei lá, às vezes tenho a impressão de que não vim parar aqui por causa da droga. Como se estivesse aqui por outra razão, para um dia escrever sobre isso, por exemplo."

"Não entra nessa, garoto. É armadilha da sua cabeça."

Uma pausa. Nilton me olha nos olhos.

"Você usou?", continua ele.

"Usei."

"Tua vida não ficou uma merda?"

"Ficou."

"E a vida das pessoas perto de você, teus parentes, amigos, também não ficou uma merda?"

"Acho que sim."

"Então pronto. Só isso é verdade."

Voltamos a ficar em silêncio, mas sem nos encarar, olhando o portão, o céu, outro ponto qualquer. Depois de algum tempo Nilton se levanta.

"Vou pro quarto. Hoje vai ter pôquer. Vem com a gente."

"Você sabe que eu não gosto desse pôquer, Nilton. Esse lance de vocês é tristaço."

"Vocês não, tu sabe muito bem que eu não fui na menina nem uma vez. Uma coisa é jogar, Vinícius, a outra é como você usa o prêmio."

14

O prêmio, ou melhor, as fichas, eram cigarros. O problema era a Samanta. Não. O problema era a maldade de alguns com a Samanta. Tinha apenas dezoito anos e, como não podia fumar, pois a família era evangélica e não levava cigarros, ela se prostituía por eles. Quinze cigarros, nem mesmo um maço. Quinze cigarros e qualquer um podia penetrar Samanta; nos intervalos, no mato, enquanto outro vigiava. Quinze cigarros. Deve ser assim o inferno, pensei, enquanto Nilton se afastava.

15

Meia hora depois:

Peguei a bíblia e fui me estirar no sofá da sala de convivência, de frente para uma TV velha. A bíblia era velha, o sofá era velho, a TV era velha: santíssima trindade dos desesperados. Santíssima trindade dos pequenos prazeres que restam aos que caem na primeira curva, rogai por nós. Não sei por quanto tempo li. Pensando agora, acho que de tanto ler a bíblia acabei conjurando um Frei. Eu martelava o sono com a cabeça quando vi entrar na sala aquela figura inconfundível, mas não pelos traços, pelo traje.

16

Descubro durante o jantar, ao ouvir uma conversa de Nilton com Astor (um paciente que joga xadrez o dia todo): o Frei é alcoólatra e seu nome é Carlos. O mais irônico é justo ele ter caído na nossa piada, disse Astor. A piada: bem ao lado da clínica havia um bar chamado Fim do Mundo. E como a clínica se chamava Ressurreição, alguns pacientes brincavam que para se alcançar a Ressurreição, antes era preciso passar pelo Fim do Mundo. Viveu a piada como o juízo final, continuou Astor. Chegou aqui bêbado porque antes parou no Fim do mundo e bebeu vinho como se o mundo estivesse mesmo acabando.

De fato uma chegada bastante católica, pensei. Aparição, fantasmagoria, pecado, sacrifício, estava tudo ali, naquele Frei que mal se aguentava em pé.

17

No dia seguinte, depois do almoço, confusão:

Luan, o sobrinho do traficante, se atracou com Moacir perto do campinho. O motivo da briga (o mais idiota possível): Moacir havia combinado com o outro a troca de um calção de futebol da esquadra italiana Lazio por um maço de cigarros, mas Luan só entregou quinze e prometeu pagar o resto no dia seguinte. Fazia três dias que Moacir estava sem baseados, e ele acabou fumando dez dos quinze em menos de uma hora, talvez para aplacar a ansiedade. Por isso achou melhor reclamar logo a Luan os que faltavam, evitando o risco de ficar sem quando a noite chegasse. Luan não gostou, e disse que não daria nada antes do combinado. Moacir se irritou e o chamou de "bostinha". Depois disse que Luan era um "mimado de merda que nunca tinha trabalhado e vivia na aba do tio bandido". Não foi preciso mais do que isso para um primeiro soco.

18

Não vi a briga. Reproduzo o que Nilton me contou:

Que tentou separá-los, mas quase tomou uma cotovelada na cara. Que logo chegou o enfermeiro Júlio (aquele que parece um tanque). Que Moacir e Luan já tinham se soltado quando viram o enfermeiro, mas que ele fez questão de descer a porrada no Luan assim mesmo. Que Moacir se safou porque o enfermeiro odiava traficantes e sobrinhos de traficantes.

19

Mais tarde nesse mesmo dia, refeitório:

Pacientes comentam a briga enquanto esperam pelo sino que indica o café da tarde. Frei Carlos está sozinho numa mesa de canto, com a expressão de quem acordou de um pesadelo ou acabou de entrar em um. Me aproximo, sento ao seu lado e me apresento. Depois de algum tempo, pensando que ele está assustado com a briga, digo:

"Fica tranquilo, não é sempre assim."

Ele olha para mim em silêncio. Não sou capaz de descrever a expressão, talvez de surpresa por alguém tentar consolá-lo, ou quem sabe de desdém, como se pensasse: "Quem esse moleque acha que é para vir me tranquilizar?"

Não é isso que diz quando finalmente resolve falar:

"Era você no sofá quando eu cheguei?"

"Era, eu te vi chegar."

"Impressão minha ou você estava lendo a bíblia?"

"Estava."

"Católico?"

"Na verdade não, só gosto do livro."

"Quando eu tinha a sua idade também gostava", diz ele, olhando para as minhas mãos.

"Não gosta mais?"

"Claro que gosto. Mas li muitas vezes. Não é que tenha perdido a graça. Ficou... diferente."

Tenho então uma ideia, que logo exponho ao Frei sem pensar direito se era o que realmente queria, não sei se por pena:

"O que acha de ler comigo? Tem algumas coisas que não entendo. No mínimo a gente mata algum tempo."

"Que horas?", responde ele de pronto.

"Não precisa ser hoje, pensei em amanhã ou depois."

"Amanhã depois do jantar", diz ele. Depois anuncia que vai para o quarto e sai caminhando com passos largos e velozes como os de uma lebre assustada. Eu fico algum tempo olhando sua estranha imagem até ela se perder de vista.

20

Abraão gerou Isaac; Isaac gerou Jacó; Jacó gerou Judá e seus irmãos; Judá gerou, de Tamar, Farés e Azara; Farés gerou Esrom; Esrom gerou Aram; Aram gerou Aminadab; Aminadab gerou Naasson; Naasson gerou Salmon; Salmon gerou, de Raab, Booz; Booz gerou, de Rute, Jobed; Jobed gerou Jessé; Jessé gerou o rei Davi. Davi, da mulher de Urias, gerou Salomão; Salomão gerou Roboão; Roboão gerou Abias; Abias gerou Asa; Asa gerou Josafá; Josafá gerou Jorão; Jorão gerou Ozias; Ozias gerou Joatão; Joatão gerou Acaz; Acaz gerou Ezequias; Ezequias gerou Manassés; Manassés gerou Amon; Amon gerou Josias; Josias gerou Jeconias e seus irmãos, na época da deportação para a Babilônia. Jeconias gerou Salatiel; Salatiel gerou Zorobabel; Zorobabel gerou Abiud. Abiud gerou Eliacim; Eliacim gerou Azor; Azor gerou Sadoc; Sadoc gerou Aquim; Aquim gerou Eliud; Eliud gerou Eleazar; Eleazar gerou Matã; Matã gerou Jacó. Jacó gerou José, esposo de Maria, da qual nasceu Jesus

21

Começamos do começo. Por mais que eu já estivesse terminando o Evangelho de Mateus, o Frei pediu que o retomássemos do início, pois se tratava “do mais belo livro entre todos os livros”. Falou também de Pasolini, que naquele tempo eu mal conhecia. Disse que o diretor italiano era um verdadeiro católico, de uma maneira muito particular e estranha, mas católico, em todo caso. O que, pensando agora, parece fazer sentido.

Começamos depois do almoço, na mesa do refeitório, com os pratos ainda nos encarando com sobras de comida e alguns pacientes por perto, entre atrasados e preguiçosos. Um deles era Elton, um rapaz esquizofrênico apelidado de Tsunami porque era forte e babava muito. Às vezes Elton via um paciente e corria em sua direção, agarrando-o, babando sobre suas roupas, deixando todos com o cheiro de sua saliva infestada de remédios.

O prato de comida à frente de Elton estava cheio de restos, ou melhor, cheio de arroz e chuchu. Na cadeira a seu lado, como se fosse outro paciente, havia um boneco de pano de mais ou menos um metro de altura, que algum familiar tinha levado e com o qual Elton andava agarrado dia e noite. Às vezes, quando Elton falava com o boneco ou mexia em sua cabeça de pano, o segundo parecia uma criancinha sendo cuidada por um irmão mais velho. Dava para ver que a cena incomodava o Frei, mas, seja como for, ele abaixou os olhos para a bíblia e continuamos a leitura como se não houvesse nada de novo sob o sol.

22

O Frei sublinha no livro:

E de dia e de noite, andava sempre entre os túmulos
e pelos montes, gritando e ferindo-se com pedras

Depois levanta os olhos para Elton.

23

Eu sublinho no livro:

Todos os que tomarem uma espada, na espada morrerão

Mas não levanto os olhos para Elton nem para o Frei, olho para minhas próprias mãos e subo pelos braços, até a rosa tatuada, em chamas.

24

O Frei entendeu o jogo. Ou eu entendi o jogo do Frei, não sei mais de quem partiu a ideia: ele sublinha uma passagem, eu respondo com outra. "Agora é minha vez", diz ele, e sublinha:

Pois o coração deste povo ficou gordo e com os ouvidos pesadamente eles ouviram e os seus olhos eles fecharam

25

Meia hora depois:

Luan se aproxima da mesa. Senta na cadeira ao lado de Elton. Sussurra algo em seu ouvido.

26

Minha vez:

Onde estiver o cadáver, aí se reunirão os abutres

27

Elton tirou a camisa e está com o boneco no colo, exatamente como uma mãe que segura seu bebê: a cabecinha de pano encostada no peito, pronto para amamentar. Alguns pacientes estão atrás da mesa e riem da cena. O Frei mal levanta a cabeça para olhar, não sei se por medo ou por raiva.

28

Luan vai até Elton outra vez e fala mais alguma coisa em seu ouvido, como um diabinho de desenho animado. Elton começa a alimentar o boneco com os restos de comida do próprio prato.

29

Devia ser raiva o que o Frei sentia, porque assim que Luan se aproximou de Elton pela terceira vez ele levantou e foi até os dois. Segui o gesto e levantei também. O Frei colocou uma mão no ombro de Elton e Luan disse "não se mete". O Frei puxou Elton pelo braço e Luan o xingou de "santinho de merda".

Não consigo me mexer, por que não posso me mexer?, pensei, estou congelado num dos andares do inferno de Dante.

30

Antes que começasse outra briga, chega Nilton. Ele se coloca entre o Frei e Luan, e diz para o segundo, sereno e firme como um almirante:

"Com eles você não mexe, eles estão se recuperando." Ninguém se atreve a mover um dedo.

Luan encara Nilton por uns segundos e depois se afasta, o peito inflado e os olhos faiscantes dos animais contrariados.

31

Quinze minutos depois, hora do cigarro. Só havia um lugar onde se podia fumar, em horários fixos. Claro que alguns fumavam escondidos, como Moacir, mas a maioria simplesmente tentava se adequar. Noventa e oito por cento dos pacientes fumavam. Nilton não estava entre eles. Sabendo disso, Luan espera todos se reunirem no fumódromo e, pegando o Frei de surpresa (infelizmente ele fumava), faz uma alavanca com o pé e o joga no chão. O Frei nem vê de onde vem o tranco. Não consigo me mexer, por que não posso me mexer?...

32

Um enfermeiro viu o Frei sendo empurrado por Luan, que pegará mais detenção. A psicóloga decreta na mesma noite: três dias no quarto, saindo apenas para comer e fazer as terapias.

33

Última atividade do dia, reunião dos internos nos moldes de Narcóticos Anônimos:

Deus, conceda-me serenidade para aceitar as coisas que não posso modificar...

34

Quinze dias? Dezoito? Vinte?

35

Finalmente meus livros foram liberados. Mais de duas semanas (!) para aprovar dois livros: *O espírito da ficção científica*, de Roberto Bolaño, e *Guerra e Paz*, de Tolstói. Gosto de Tolstói até hoje, mas sinto mais prazer com Bolaño. Sou uma puta que se paga em livros. Por alguma razão, minha cabeça se convenceu, também, de que, com a ajuda do romance de Bolaño, eu poderia transformar esse diário num romance. Pior, num romance de ficção científica. Como sou ingênuo, percebi assim que estava com os livros nas mãos. Se nem o livro de Bolaño é um romance de ficção científica... E mesmo que fosse, dificilmente meu desejo corresponderia à realidade. Adictos são criaturas inocentes, apesar de parecer o contrário, tudo em nós queima, arde, consome, mas geralmente com a duração de uma chama de fósforo. Fico mais algum tempo deitado, pensando nisso tudo. Chego à conclusão de que os adictos são criaturas mutiladas por dentro, em nossos delírios de grandeza tentamos reconstituir as partes faltantes. Depois leio umas vinte páginas do Bolaño e fecho os olhos.

36

No dia seguinte tudo começou a mudar, mas não sem um pouco de repetição antes. Um dos terapeutas resolveu repetir um filme que eu assistira pelo menos três vezes, uma delas nessa mesma clínica, no dia seguinte ao da minha chegada. Um filme sobre um piloto de avião alcoólatra e cocainômano que, mesmo bêbado, consegue fazer um pouso de emergência dificílimo, salvando quase todos os passageiros a bordo. Depois do filme há uma breve roda de conversa (em que o terapeuta faz também as mesmas perguntas de duas semanas atrás) e, finalmente, *mudança*: o terapeuta anuncia que Samanta e mais dois pacientes (uma mulher chamada Virgínia, com quem eu havia trocado cinco palavras, no máximo, e Astor, o enxadrista inexpressivo) tinham recebido alta. Os dois últimos iriam no fim de semana, mas Samanta já iria antes, dentro de três dias.

37

Quinta-feira, véspera da saída de Samanta. Reunião dos internos nos moldes de Narcóticos Anônimos (na verdade, reunião de despedida de Samanta):

Alguns pacientes não conseguem esconder o desapontamento. Um deles, um aposentado de uns sessenta e poucos anos que parece o Roberto Carlos e por isso é chamado de Roberto, mal levanta a cabeça, olhos fixos no chão, tristemente. Não seria estranho se vertesse lágrimas, pensei. Todo mundo sabia que Roberto se encontrara várias vezes com Samanta, nas minhas contas foram no mínimo cinco vezes. Ele que se foda, pensei, ele que infarte enchendo o cu de cocaína e Viagra quando sair daqui. Mas, segundos depois, me pergunto se o que sinto mesmo não é inveja, se toda aquela raiva na verdade não era um sinal de que eu gostaria de estar no lugar do Roberto Carlos falsificado. Até hoje não sei. Não que me sentisse realmente atraído por Samanta, estava magra como um palito por causa do crack. Não era feia, mas não posso dizer que fosse bonita: cabelos ondulados na altura do ombro, bem negros, mas com uma pequena mecha vermelha na franja, e peitos grandes para um corpo tão magro.

Samanta agradeceu os votos de vida nova, os internos fizeram um círculo com ela no meio e rezaram um pai nosso e a oração da serenidade. Depois ela abraçou um por um. Fiquei olhando as reações de longe, em silêncio. Então tive pena dela e de mim também.

38

A visita de sábado ajudou a melhorar os ânimos depois da saída repentina de Samanta. Quase todos receberam as mães ou esposas ou filhos. Moacir, que não teve direito à visita na semana anterior por estar suspenso, estava feliz como nunca tinha visto. Recebeu a esposa e as duas filhas, uma menina de três e outra de cinco. Fiquei impressionado em como aquele molecote podia ter duas filhas e disse isso a ele. "Comecei cedo", respondeu ele rindo. "Além do mais, nós, pobres, trepamos muito. Muito mais do que os ricos."

Depois disso resolvi ir para o quarto. Antes de me mover, porém, olhei por mais algum tempo as filhas de Moacir. Pareciam felizes. Pulam de um lado para o outro porque acham que são bichos, pensei. Mas logo me corrigi: porque *sabem* que são bichos.

Eu, por minha vez, não teria visita. Não que esperasse muita coisa. Desde os vinte anos a única pessoa que tenho no mundo é minha mãe, e nessa semana ela tinha avisado que não poderia vir. Já a caminho do quarto, vi Nilton sentado sozinho numa mesa de plástico da área destinada às visitas e vestindo sua melhor camisa. Era uma camisa azul bebê com colarinho, horrível, mas que por alguma razão que ignoro combinava com ele, talvez porque era mesmo um anjo. Perguntei onde estava sua filha, sabia que ela havia prometido visitá-lo acompanhada da tia, a irmã mais nova de Nilton, as únicas pessoas que lhe haviam restado. "Não sei", respondeu ele. "Já deviam estar aqui."

"Deve ter acontecido alguma coisa", disse eu. "Quem sabe sua irmã teve um problema de última hora. Olha o meu caso, até três dias atrás minha mãe ia vir, só ontem avisou que não." Ele me encarou com o sorriso mais triste do mundo, acho que nunca mais vi tanta tristeza nos olhos de alguém. Ou talvez tenha visto, apenas uma vez mais, mas não quero falar disso. Fomos para o quarto. Nilton logo pegou o violão e começou a tocar. Para ver o rosto de Deus é preciso estar atento, pensei. Ninguém nesse mundo é realmente forte.

39

Pouco depois chegou o Frei. Ele sim, não tinha ninguém no mundo, só Deus, a Igreja e uns primos distantes. Me lembro perfeitamente desse dia. Nilton tocou alguns sambas, passou para o brega com *Fuscão preto*, de Almir Rogério, depois para rocks nacionais como *Cowboy fora da lei*, de Raul Seixas. Me lembro perfeitamente desse dia, como se estivesse dentro dele agora: o Frei empolgado com as canções que conhecia, cantando a altos brados, muito mais como um bêbado do que como um Frei. Nós três cantando a altos brados. A voz de Nilton, que era mesmo a voz de um anjo. O sorriso branquíssimo de Nilton. Os braços gorduchos do Frei se agitando no ar. Momentos de uma alegria pura.

40

Segunda. Luan foi expulso da clínica. Algum paciente (não disseram quem) o viu pegando um pacote de papel pardo ao lado do muro depois do almoço de domingo. Quando fizeram o toxicológico, deu cocaína. Provavelmente jogaram o pacote para ele por cima do muro com uma vara de pescar. Provavelmente uma pedra de dez, vinte gramas na linha. Fazia sentido que fosse no domingo, com os pacientes distraídos e concentrados nas próprias famílias e os enfermeiros e médicos relaxados, um dia em que ninguém queria confusão.

41

Sublinho na bíblia:

Meu nome é Legião, porque somos muitos

42

Terça. Chegou paciente novo. Já está sendo chamado de Fernandão, porque tem mais de um metro e noventa de altura. A alta do Frei está marcada para daqui a oito dias. A de Moacir também, sete dias. Sobre a minha ou a de Nilton, nenhuma notícia. Fui bater na porta da psicóloga de plantão, não é justo que só sobrem eu e Nilton aqui, o Frei chegou depois de mim. Pro inferno todos eles. Pro inferno tudo.

43

No jantar, falei para o Frei que ele só estava com alta marcada porque não fedia nem cheirava, porque não falava nada e se fazia de santo. Mas me arrependi rapidamente, e fui pedir desculpas. Ele foi generoso e entendeu numa boa, de maneira que conseguimos terminar o evangelho de Mateus logo depois. Frei contou detalhes do livro dos quais eu não fazia a menor ideia. Por exemplo, que todo o Novo Testamento foi escrito originalmente em grego. "O mesmíssimo grego de Aristóteles e Platão", disse ele. Em seguida, anunciou que era a última vez que líamos juntos, tinha resolvido passar os dias antes da saída rezando e meditando. Me perguntou quais seriam os últimos versículos que eu sublinharia. Eu folheei um pouco a bíblia, escolhendo. Depois sublinhei:

Não sabeis o que pedis. Conseguis beber o cálice que estou prestes a beber?

"Não esperava que você fosse tão previsível, Vinícius." Falei para ele ir à merda e anunciei: sua vez. Ele folheou bem menos, rapidamente riscou uma linha com o lápis que dividíamos, apontando depois com o indicador:

A candeia do corpo é o olho. Se o teu olho for simples, todo o teu corpo será luminoso

44

Moacir já foi embora. Amanhã será o Frei. Logo ficaremos só eu e Nilton aqui, afundados nesse charco no interior (nem tão interior assim) de Minas Gerais. Na verdade há mais alguns rostos novos, inclusive mulheres, o que é sempre uma boa notícia numa clínica, mesmo que seja só para diminuir a testosterona do ar. Mas acho que nem forças tenho mais para costurar novas relações. Por mim, eu também já tinha ido, para qualquer lugar longe daqui.

45

Foi bonita a saída do Frei. Aqueles dias de silêncio tinham, afinal, uma razão: passou o tempo todo escrevendo, inventando uma oração. No final da reunião dos internos distribuiu entre os presentes uns papeizinhos e em cada um deles lá estava a oração escrita de próprio punho, à caneta esferográfica azul, tudo muito simples e bonito. Não me atrevo a reproduzi-la aqui, não seria certo, mas se chamava *Oração a São Francisco pelos que se perderam no caminho*. Acho que foi a única vez que chorei nos quarenta e sete dias naquela clínica, ao ouvir e repetir em voz alta a oração que o Frei inventou para nós, que nos perdemos no caminho.

De resto, foi mesmo muito bonita a saída do Frei, mas o final daquele dia não foi. Se acreditasse em Deus, teria gritado com ele. Não teria rezado, teria gritado. Ordenaria que descesse ao chiqueiro de suas criaturas, que descesse até nós e desfizesse as injustiças. Eu perguntaria como ele pode deixar certas coisas acontecerem e onde afinal pretende chegar com sua escrita torta e feita de dor. Por fim, perguntaria se ele, se Deus, não é simplesmente um homem sem a coragem de ser homem. Foi nesse dia que parei de escrever, mas foi assim que aconteceram as coisas, da maneira que me lembro: poucos pacientes tinham ido jantar depois da saída do Frei, porque, como as cozinheiras gostavam dele, haviam feito um bolo de cenoura no lanche e quase todos perderam a fome e preferiram não jantar. Mas eu fui, porque nunca gostei muito de doce, então estava com fome. Acho que além de mim, no refeitório, só estavam Elton e mais uns cinco ou seis. Eu estava comendo distraído, pensando em qualquer coisa e observando os rostos dos pacientes mais novos, tentando decifrá-los. Passado algum tempo, ouvi um burburinho e olhei para o campo ao lado do refeitório. Vi dois enfermeiros passarem correndo, depois descerem o barranco à toda. Levantei num pulo e os segui, acompanhado por outros pacientes. Quando cheguei lá embaixo, não havia o que fazer. Sob uma das árvores, perto do matagal onde Samanta levava seus "clientes", exatamente sob a árvore que passávamos horas olhando enquanto conversávamos, em tantas tardes, estava Nilton, pendurado num galho, enforcado com um cinto. No chão, à direita do corpo pendente, estava o violão sem as cordas, que estavam jogadas emboladas a poucos metros. Não posso dizer o que senti, porque até hoje não sei o que foi. Só lembro de notar a ausência das cordas, depois vê-las no chão, diligentemente retiradas do instrumento, e pensar: será que ele pretendia se enforcar com isso?

46

Duas semanas depois recebi alta. Vários pacientes, entre eles o Frei e Moacir, anotaram telefones e e-mails no meu caderno para que pudéssemos fazer contato. Nunca os procurei. Também não parei de usar drogas quando saí, ainda precisei de alguns anos. Depois da morte de Nilton, tudo ficou um pouco mais sujo. Até a minha memória.

47

E imediatamente o galo cantou

aves, oráculo

Assim que cruzou a porta, incrustada no fundo de uma pequena varanda cheia de plantas crescendo desordenadamente, T. tratou logo de abrir as janelas, isto é, as duas únicas que havia na casa, na sala e na cozinha. Vestindo apenas uma samba-canção que eu fazia de pijama e uma camisa de malha, esfreguei os olhos. Nos cumprimentamos com um abraço tímido, depois nos sentamos num sofá-cama azul, de frente para uma das minhas antigas estantes de metal para livros.

"Meu Deus. Qual foi o furacão que passou por aqui?", disse T. depois de um tempo olhando a minha bagunça, os papéis espalhados no chão, as embalagens de comida congelada sobre a mesa, as peças de roupa jogadas numa cadeira.

"Eu", respondi. "Mas duas semanas atrás choveu tão forte que foi quase um furacão."

Apontei a prateleira mais alta da estante e em seguida a mais baixa. Eram os únicos andares vazios.

"Tudo perdido ali e ali", disse, e expliquei como os livros que ficavam naqueles espaços haviam encharcado com a chuva. A calha do telhado, mal reparada pelo proprietário, tinha cedido.

T. quis saber como eu não acordei com o barulho e eu disse que os remédios me causavam uma espécie de blecaute durante a noite. Nenhum ruído ou lembrança até de manhã.

"E se a casa pegasse fogo?", perguntou T.

"Talvez não fosse tão ruim assim."

"Não fala merda", disse ela. Então se levantou, foi até a cozinha e começou a tirar da mochila os ingredientes que havia trazido para uma sopa, colocando-os sobre a bancada ao lado do fogão.

"Olha", eu falei, "não vai dar pra cozinhar hoje. Eu estou sem gás."

Ela me olhou com uma expressão que até hoje não sei bem como descrever. Não era pena, era mais um tipo de desespero. Como o de assistir a um animal agonizando no meio da estrada e se dar conta de que não há muito a fazer. O problema, se você é alguém como T., é que pode ser bem difícil apagar a imagem da memória e simplesmente seguir com a rotina. Ela é uma esponja, e eu, não há melhor forma de dizer isso, exalava um vapor de morte a cada movimento.

Depois de uns segundos, enquanto voltávamos para a sala, T. me surpreendeu com um novo abraço, mas dessa vez fez questão de segurar um pouco mais seu corpo contra o meu. Sentamos no sofá, pedimos uma pizza e ficamos conversando. Ela estava de volta à cidade após quatro anos, período de grandes reviravoltas em sua vida, e era prazeroso para mim ouvi-la falar; nós tínhamos nos afastado bastante, não só fisicamente, durante o seu doutorado em São Paulo. Além disso, era uma rara oportunidade que eu ganhava para me desligar de mim mesmo. A ironia daqueles últimos meses é que, embora eu estivesse afastado de quase todos que conhecia – e isso é só uma maneira condescendente de colocar as coisas – raramente me sentia só. Minha cabeça estava sempre povoada de imagens e vozes, sons que eram quase pessoas: elas me cobravam, me advertiam, eu sentia seu peso sobre os ombros e ouvia vozes femininas embalarem meu sono. Um sono adocicado e quente como se eu estivesse dentro de uma toca ou um buraco na terra.

Após aquela habitual primeira hora de conversa meio eufórica entre amigos, quando costuma ocorrer uma espécie de reconhecimento de uma parte de nós no outro, acho que devo ter ficado um pouco mais calado, talvez até cabisbaixo, e T. percebeu isso. O cinzeiro apoiado num dos braços do sofá estava lotado, nós tínhamos acabado de comer. Ela olhou para o cinzeiro em forma de peixe, lascado na altura da barbatana. Disse que me ver fumando tanto daquele jeito a fazia se lembrar de um episódio de quando havia recém chegado ao interior de São Paulo para o doutorado. Na verdade, corrigiu a seguir, o que fazia com que se lembrasse daquilo era mais a fumaça dos cigarros do que propriamente o objeto cigarro. E também, disse ela, o fato de naquela época ter enfrentado uma fase difícil, em que tudo o que lhe acontecia surtia nela um efeito amplificado, tudo parecia um pouco mais pesado e triste, como se a vida diminuísse as perspectivas em todos os campos. Antes de começar a me contar o episódio, T. ficou em silêncio por mais ou menos um minuto. Um silêncio quase incômodo.

Em seguida ela anunciou, de maneira meio grave, que os acontecimentos que iria narrar de certa maneira lhe pareciam organizados por uma força alheia à sua vontade, como o próprio destino, que, por sua vez, era basicamente o tema da pesquisa de doutorado de T. Ela não queria, no entanto, que eu interpretasse o que ia dizer como um espelhamento da minha própria situação. Ela queria apenas me contar, e que eu tentasse não fazer muitos julgamentos, se possível.

"Bom", começou T., "não é exatamente uma história de amor. Ou pelo menos não é só isso."

Ela perguntou se eu me lembrava de uma conversa sobre a mudança dela, que tivéramos quatro anos antes.

"Nem a Quetiapina me faria esquecer isso", menti.

"Então", disse T. "Apesar da alegria com a aprovação do projeto, a bolsa e tudo o mais, me lembro daquele período como um desses momentos em que a vida joga na nossa cara que lá no fundo, bem no fundo, tudo à nossa volta está podre. Como se do nada a gente passasse a enxergar que tudo está indo pelos ares, ou melhor, que está tudo queimando."

A pesquisa de doutorado de T. investigava oráculos em civilizações antigas a partir da perspectiva da História. Xamanismo, Fenda de Delfos, Pitonísias, em resumo: ideias de destino, e muita fumaça. O preço para pesquisar essas coisas, disse T. – porque para ela os oráculos sempre cobravam um preço – era estar sozinha numa nova cidade e assistir seu casamento de cinco anos agonizar. Pouco antes de T. ser aprovada, seu companheiro, Rafael, também tinha passado num concurso que esperava há anos – uma proposta difícil de recusar quando não se é mais nenhum garoto. Fora convocado para um posto de promotor de justiça numa pequena cidade no Mato Grosso, e a decisão dos dois, ao menos inicialmente, tinha sido a de ficarem distantes, cada um em sua cidade organizando seus novos compromissos para depois decidirem o que efetivamente fariam.

"O destino foi um belo de um babaca comigo naquele ano", disse T. "Não consegui aproveitar o início do doutorado, não fiz amigos e laços duradouros; eu me sentia dividida, e acho que um pouco entorpecida também, às vezes tinha a impressão de que passava pelos dias flutuando. Sendo levada pela corrente, de um lado pro outro, como um balão."

Falei para T. que achava que entendia o que ela queria dizer, embora minhas circunstâncias fossem obviamente bem diferentes das dela.

"O engraçado", continuou T., "é que a única coisa que me deixava feliz naquela época, ou pelo menos me trazia alguma paz, era caminhar pelo horto e o zoológico perto do campus, ficar horas olhando os animais, os bosques, aquele mundo que, se nenhum humano metesse o dedo, poderia muito bem seguir sozinho. Aquele mundo determinado, sem nenhuma ideia de arbítrio, um mundo regido por um outro tipo de destino. Quanto mais só eu me sentia, mais tempo passava caminhando pelo horto, e imaginava a nova cidade do Rafa e me perguntava se algum dia, caso ele insistisse, eu teria coragem de ir morar lá. Todos os dias ele me enchia de notícias, falava das pessoas que conhecia, das paisagens inacreditáveis de um Brasil desconhecido, e percebi que eu, por outro lado, não contava quase nada do que me acontecia, como se tudo na minha vida tivesse se tornado desinteressante, menor. Acho que fiquei meio viciada em acompanhar as mensagens dele, eram sempre cheias de piadas, de informações curiosas; por exemplo, que sua cidade era cheia de gaúchos apesar de ficar no Mato Grosso, e que várias cidades vizinhas tinham nomes sulistas como Querência ou Porto Alegre do Norte. Só que então, quando era a minha vez de falar, eu não sabia o que dizer, acabava no máximo mencionando minhas caminhadas ou mentindo que a pesquisa ia bem, que meus colegas eram legais. Eu tinha me desconectado do mundo, acho. Sentia uma coisa assim. Daí, uns seis meses depois de me mudar, de arrastar aquelas correntes todas, algo aconteceu. Devia fazer uma semana que eu não via ninguém, o departamento estava em recesso de meio de ano e toda minha energia estava concentrada em avançar no primeiro capítulo da tese. A única coisa que me tirava de casa a cada dois dias era mesmo as caminhadas pelo horto, com seu zoológico desativado pela metade. Num desses dias sem nada de especial, enquanto passava pelo aviário, acabei parando algum tempo em frente à gaiola de marianinhas, sem saber muito bem por quê. Havia duas espécies diferentes lá dentro, uma com a penugem toda amarela e a outra com penas pretas na cabeça. Fiquei um tempo olhando as aves, em perfeita harmonia umas com as outras. Depois fui pra gaiola seguinte, das maritacas. Você sabe como elas são escandalosas: assim que elas perceberam a minha presença, começaram a gritar. Como eu estava sozinha – mas a verdade é que até hoje não sei direito porque fiz isso –, eu gritei também. Elas gritavam, eu gritava de volta. 'Ka-ka-ka-ka-ka-ka-ka', e eu respondia: 'Ka-ka-ka-ka-ka-ka-ka'. Acho que entrei numa espécie de vórtice, fiquei um bom tempo naquele transe. E de repente, eu tinha desabado e estava chorando. Como uma catarse, mas não humana, claro. Talvez soe um pouco cafona, mas uma vez li num romance um personagem dizer, depois de ver uma fruta no chão ser minuciosamente despedaçada por formigas, que se sentiu sentado no colo do universo. Acho que foi meio isso o que senti. Mas depois fiquei com vergonha de ficar ali parada, chorando, e por isso me levantei e continuei a caminhada. Na gaiola seguinte, havia uma única arara. Num reflexo, gritei pra ela também, do jeito que tinha feito com as maritacas. Pra minha surpresa, ela não gritou de volta, quer dizer, eu sabia que ela não soaria como uma maritaca, mas de tão imersa que eu estava na experiência sonora da gaiola anterior, tomei um puta de um susto quando vi a arara inclinar levemente a cabecinha pra um lado e dizer 'Oi, tudo bem?'"

Eu disse a T. que a história era muito bonita, e que eu estava feliz por ela ter aparecido de surpresa para me visitar.

"Calma, eu ainda não acabei", disse T. "Em casa, fiquei um bom tempo pensando no que tinha acontecido. Mas, como era de se esperar, dias depois esqueci o assunto. Não falei com o Rafa nem com qualquer outra pessoa sobre aquilo. Então, meses mais tarde, numa manhã eu acordei com uma mensagem dele no celular: era a foto de uma arara que havia pousado na mesa do quintal da sua casa nova. A essa altura eu já tinha voado pra lá e passado alguns dias com ele. Não era incomum aparecerem animais na casa, às vezes eles entravam até mesmo nos quartos, era só ligar o ar condicionado, por exemplo, pra uma perereca pular na nossa cabeça. Mas o legal mesmo foi a mensagem depois da foto: em tom de brincadeira, ele perguntava se eu sabia que as araras tinham um só par durante toda a vida, e prometia que ia tentar descobrir como elas faziam quando precisavam ficar separadas. Acho que você sabe o que eu pensei nessa hora: 'lá vem o destino de novo, querendo me pregar uma peça'. Hoje acho que aquelas araras cruzaram meu caminho pra me devolver à linguagem. Mas é só a minha maneira de ver as coisas, claro."

a difícil arte do descarte

F. está com dificuldade para fechar um conto. Depois de quase dois meses trabalhando no texto, ele não sabe mais o que fazer ali. Quando começou a escrevê-lo, F. pensou que o argumento do conto combinava com o restante do livro. Mas, desde as primeiras versões, sentiu também que algo ia mal, como se o texto não pudesse respirar ou mancasse de uma perna.

Agora F. acha que o conto em questão está inchado. Este é um problema que ele enfrenta quando escreve: como gosta da etapa de pesquisa, F. às vezes inunda o texto com referências até torná-lo uma massa amorfa e sem feições definidas, um coro confuso em que não se distingue voz alguma. F. sente-se muito incomodado quando não consegue encontrar o tom de seus textos.

Durante os dois meses lutando com o conto e sem coragem para descartá-lo, F. tentava se justificar, dizia a si mesmo que as fugas e longas digressões que ali se encontravam eram como Jazz. Como se alguém estivesse tocando Jazz dentro de seu texto. Dificilmente isso é verdade.

A coisa piorou quando ele decidiu enviar o conto para um concurso. O concurso pagaria um bom prêmio em dinheiro para as seis melhores narrativas. O problema é que o concurso pedia, no mínimo, dez páginas, formato A4, e o conto de F., naquela época, tinha apenas seis. Como ainda acreditava em seu conto, F. decidiu reescrevê-lo, adicionando mais um eixo, paralelo à história, em que o personagem-narrador associava algumas de suas leituras com o relato que escrevia.

O conto em questão era sobre um casal e seus dois gatos. Na realidade, o conto de F. era sobre ele mesmo e a namorada, M. Mas a história ia aos poucos guinando para o fantástico, até culminar na metamorfose dos dois em gatos. F. sente-se um pouco ridículo agora por ter pensado nesse argumento.

Quando escreve contos, F. não gosta de ser grandiloquente, sobretudo nos argumentos, mas às vezes as coisas saem de seu controle. É bom que a escrita saia um pouco de seu controle, pensa F. Mas sabe também que é preciso olhar para o próprio texto com os olhos de alguém que não goste dele (de F.), não com os olhos de uma mãe ou de seus amigos mais próximos. M. sabe olhar para os textos de F. com esses olhos de caçadora. Isso o agrada, porque ele sente que não está sendo enganado. F. acredita saber o que M. pensa de seus contos apenas por sua expressão quando os está lendo.

M. foi professora de literatura, mas hoje é astróloga. Quase todos os dias M. atende alguém. No conto de F., M. se chamava Marieta e F. se chamava Francisco. Para além do fato de ter fracassado, F. sente-se culpado por descartar o texto porque havia pedido a M. que escrevesse um horóscopo especialmente para a história.

Na história, tudo começava numa noite em que os gatos do casal miavam como se houvesse um visitante desconhecido na casa. No dia seguinte, M. feita personagem – ou Marieta, como foi chamada – escrevia um horóscopo relacionando a inquietude dos gatos com a lua na posição do signo de áries. O personagem-narrador do conto era um veterinário, convocado pelo casal ao apartamento depois que um dos gatos tinha atacado Marieta.

F. está convencido agora de que o problema maior daquele texto foi ter misturado saberes muito diferentes ao mesmo tempo. O veterinário falava de medicina, M. falava de astrologia, depois o veterinário falava de suas leituras e ainda tecia longos solilóquios a respeito da pandemia do coronavírus e do próprio ato da escrita. F., ou Francisco, como foi chamado, não falava quase nada. Também havia, claro, o eixo da trama propriamente dito, a sucessão de eventos que faziam a história andar.

Agora parece injusto a F. colocar tantas palavras na boca de seus personagens quando ele próprio, feito personagem, não precisava falar nada, se eximia de tudo como um espectador distante mordiscando a pipoca numa sala escura.

O personagem do veterinário era inspirado no pai de F., que é médico. Algumas de suas leituras, na verdade as leituras de F. enquanto escrevia o conto, eram: *O concerto de João Gilberto no Rio de Janeiro,* de Sérgio Sant'Anna; *As armas secretas,* de Julio Cortázar; *A primeira pessoa*, de Ali Smith; *Antologia da Literatura Fantástica*, organizada por Adolfo Bioy Casares, Jorge Luis Borges e Silvina Ocampo; *Uma teoria da paródia*, de Linda Hutcheon; e *Rashômon,* de Ryûnosuke Akutagawa. Dentre esses, os autores que o veterinário mais citava eram Sérgio Sant'Anna e Julio Cortázar.

Quando F. decidiu descartar o conto do veterinário, que se chamava simplesmente "Os gatos", tinha pensado em não escrever outro para colocar no lugar que ele ocupava no livro. Mas uns cinco dias depois, já deitado para dormir, F. teve a ideia de escrever um conto sobre o descarte do texto fracassado. Como F. não acredita que a literatura deva sempre contar histórias singulares – com enredos sensacionais e improváveis –, e julga-se ele mesmo uma pessoa comum, achou que poderia contar a breve e ordinária história de como um texto surgiu na sua cabeça, mas já estando quase morto. De como um conto surgiu na sua cabeça e ele, como uma espécie de médico, tentou fazê-lo viver, embora sentisse desde o princípio que não haveria como salvá-lo. Uma nova história, tão comum quanto a de qualquer outro trabalho, e que, por isso, poderia acabar interessando a alguém.

F. acredita que quando escreve escolhe uma máscara. Pensando assim, a máscara do conto dos gatos foi mal esculpida. Tinha olhos de felino mas nariz de gente. Parece a F. que o simples fato de às vezes chamar a história de "o conto do veterinário" e em outras de "o conto dos gatos" revela que o texto não encontrou uma voz adequada, aquela voz que ele por vezes escuta em alguns de seus contos e em contos de autores que gosta de ler. Uma voz que não precisa ser bonita, não precisa soar como a lira dos anjos, nem ser repugnante como uma garganta infestada pelo câncer ou um grito estridente. Uma voz que só precisa ter um nome. Como quando ouvimos a voz de alguém que conhecemos e dizemos: essa é a voz de fulano, é fulano que está falando.

F. pensa que ler a si mesmo é uma das coisas mais difíceis e ambíguas que conhece. Algo prazeroso e desagradável ao mesmo tempo.

Antes de descartar o conto doente, ele tentou diversos recursos que mudavam a forma de contar a história. O conto era narrado na terceira pessoa, por um narrador distanciado, então F. passou para a primeira pessoa, na voz da personagem de M., mas ficou pior do que antes. Em seguida, F. decidiu apresentar o personagem do veterinário logo no início, transformando-o também em narrador, na primeira pessoa. Com essa mudança, F. pensou ter feito algum avanço e sentiu-se brevemente satisfeito. Quando voltou a trabalhar, no entanto, soube que ainda havia algo errado. Uma sensação, algo muito difícil de descrever. Foi nessa altura que F. descobriu o concurso.

Uma das coisas que o personagem-veterinário mais dizia era: "estou fugindo da minha própria história". Para F., isso era uma estratégia de construção do personagem, que precisava se justificar a todo momento enquanto escrevia porque a realidade era inacreditável e insuportável. Isso, F. pensava, ajudava a construir a verossimilhança no conto. F. ainda acredita nisso, mas percebeu que a repetição do recurso acabou por afogar o texto. Agora ele se pergunta se não estaria incorrendo no mesmo erro.

O veterinário de F. era excêntrico. F. gosta disso, mas não quer dizer mais nada, sente que desperdiçou um bom personagem. Para consolar-se, e porque acha algumas das passagens do veterinário bem escritas, ele decide recortá-las do conto doente e listá-las neste conto sobre um conto. Quando faz as primeiras colagens, contudo, vê que não dá certo e desiste.

F. achava que não gostava de metaliteratura, mas percebe que está gostando de fazê-la agora. Ele pensa que talvez a metaliteratura funcione mais na prosa do que na poesia, mas pode ser que F. esteja falando besteira. F. não sabe ainda se gosta deste novo conto.

Enquanto escreve, F. lê Bolaño, Claudia Rankine, Ricardo Piglia e Silvina Ocampo. Depois de ler essa última frase, sua cabeça faz uma associação estranha: escrita assim desse jeito, "F. lê isso e aquilo", a frase lembra os anúncios de moda nas revistas, em que se vê a fotografia de uma pessoa famosa servindo de modelo para as roupas de alguma marca e, embaixo, a legenda: "Fulana ou Fulano veste tal Marca". Ele se sente muito ridículo por ter feito essa associação.

F. não quer ser famoso, a única coisa que F. realmente quer é escrever bem. De um jeito que, mesmo por poucos minutos, sinta que sua vida tem algum sentido e, quem sabe, produza uma parcela desse efeito em quem o lê. Mas o contrário também é válido: criar um texto que abra uma porta, uma porta no meio do nada ou no meio da noite, no centro de um deserto que, apesar de não parecer, é mais ou menos como a noite das grandes cidades, quando tudo subitamente se acalma e você se pega surpreso de estar num edifício, cheio de gente em volta, porque, para onde foram todas aquelas pessoas? Para onde foi tudo?

Um pensamento passa na cabeça de F. É um sussurro veloz e quase inaudível, mas ele é capaz de percebê-lo. Sua cabeça diz: "E se você simplesmente não for capaz de escrever bem? E se o seu cérebro já estiver destruído pelas drogas que tomou? E se nunca puder ficar realmente satisfeito com as coisas que escreve?"

F. diz a si mesmo que, caso isso aconteça, até mesmo se já tiver acontecido e for uma verdade intransponível, continuará dedicando-se à literatura, porque este é um trabalho que nada tem a ver com o sucesso. Na realidade, F. pensa que o "sucesso", além de ser uma ideia indefinida e confusa, não é o que importa. O que importa para F. é ser gentil e evitar ser mesquinho. F. costumava usar drogas e, em seu caso, elas o faziam uma pessoa pior. Ele já não usa drogas, mas isso foi algo difícil de aprender.

Nos dias em que escreve este texto, F. também está assistindo a uma série dos irmãos Coen. Ele não costuma assistir a séries, acha que prefere filmes, mas está gostando muito dessa série. F. acha que a série, que se chama *Fargo,* é a mais bem escrita que já viu. Na tradução brasileira ao título da série, há um adendo, um subtítulo: *Fargo – uma comédia de erros.* F. pensa que o subtítulo é bem encaixado, porque é a partir dos erros que os eventos da série acontecem. Cada erro gera uma reação em cadeia de novos erros que, no caso de *Fargo*, significam novas mortes. Depois F. pensa que "Uma comédia de erros" poderia ser um bom título para o conto do veterinário, caso não fosse descartá-lo. O título combina, ele pensa, porque o veterinário era meio cômico e atrapalhado, todas as hipóteses que cria para explicar o caso dos gatos, de ar meio policialesco, estão erradas. Por fim, F. chega à conclusão de que o título se relacionaria melhor com este conto que escreve agora, já que trata justamente dos erros do outro conto, o que resolveu descartar. Mas é isso o que faz a leitura, afinal, ele pensa, permite relacionar as coisas, de forma que é possível ligar muitos textos a esse subtítulo.

Alguns meses mais tarde, F. assistirá a outra série cujo texto lhe agradará muito, mas ele ainda não sabe disso. F. assistirá a *Atlanta*, e pensará que o texto de *Fargo* nem era assim tão bom. O de *Atlanta* respira mais, é menos pretensioso, ele pensará. Mas pode ser que F. esteja falando besteira.

No conto descartado, havia um longo diálogo entre o personagem do veterinário e uma personagem sua amiga, uma escritora. Como o veterinário não era escritor, ele ligava para a amiga pedindo conselhos para escrever a história. A amiga, que F. chamou de Silvana (numa homenagem tosca à mãe de M. e a Silvina Ocampo), dizia algumas coisas relacionando o tempo e a literatura, pensando o tempo como uma questão fundamental para a literatura. Ela dizia:

"Evandro (esse era o nome do veterinário), eu não imagino o que você pretende com esse texto, mas, independente disso, tenha uma coisa em mente: escrever é encontrar uma forma de representar possibilidades. Quando falamos de histórias, escrever pode ser relacionar o que já aconteceu com o que *poderia* acontecer. Para mim, a ficção se expressa nessa operação: tempo do real x tempo imaginado = representação do vivido. A estrutura da linguagem construirá a passagem do tempo próprio do texto, as elipses, a continuidade etc. É como atuar em duas dimensões diferentes para criar uma terceira. Posso tentar, por exemplo, relacionar o passado relativo a um enredo que criei com o meu presente direto, chegando a um horizonte de eventos possíveis. E é nessa última operação, com essa ordem específica, que está o que quero realmente te dizer com isso: que aquela ideia de que falávamos, de as leituras contaminarem o escritor, entra aqui. Vamos dizer que a leitura é muitas vezes uma parte importante do tempo presente do escritor. Pode ser bom para o texto receber algumas vozes que vêm do que ele está lendo, por exemplo. Um escritor argentino dos que mais gosto, Jorge Luis Borges, costumava dizer que a literatura é a extensão da memória. Nesse sentido, ela é uma máquina do tempo, mas uma máquina quântica. Há quem diga que é possível até mesmo alterar o passado através do que se lê e escreve."

Mas a passagem que F. mais gostava no conto do veterinário não era essa. A passagem que F. mais gostava era uma em que o veterinário, sem assunto, falava com Marieta, a personagem de M., sobre uma notícia que havia lido na manhã em que se encontravam. A notícia falava de um bebê de seis meses que batera um recorde de esqui aquático, tornando-se o esquiador mais jovem a cruzar uma distância de duzentos metros. Era uma menina americana, o veterinário dizia, sentindo-se ele mesmo, naquele momento, bastante ridículo.

F. quer um texto arejado. Prometeu a si mesmo que não faria esse tipo de colagem aqui, mas não conseguiu resistir. Quando relê o trecho que tinha escrito para a personagem-escritora, acha que nem é tão bom assim. F. está comendo broto de feijão e tomando Coca-Cola, pensando, neste exato momento (que para quem estiver lendo esse texto não vai ser tão exato assim), que já é hora de terminar o conto.

F. acaba de contradizer Silvana, que na realidade é uma parte dele mesmo. F. faz muito isso, se contradizer.

Curiosamente, enquanto ele escreve, um de seus livros (escrito por ele) cai da estante de M. Ele está na casa dela há três meses, porque os dois decidiram ficar em quarentena juntos. As aulas do mestrado de F. estão acontecendo virtualmente. Ele sente que está perdendo muito, porque não gosta de ensino à distância. Quanto ao fato de seu livro ter caído da estante, F. acha legal que isso tenha acontecido justo agora, e até conseguiria relacionar a queda do livro com este texto que escreve ou com o conto fracassado, mas pensa que a imagem por si só já basta e prefere não criar outras significações.

Curiosamente, também, pouco depois de contar a M. que iria descartar o conto do veterinário e escrever outro exatamente sobre isso, sobre o descarte, F. ouviu mais um horóscopo escrito por M. Ela tinha escrito o texto pouco antes de F. lhe contar sua ideia. Depois de ouvir o texto, F. achou que era uma coincidência bem legal, porque, agora sim, o horóscopo de M. dialogava claramente com o argumento do descarte. No trecho que F. mais gostou, ela escrevia:

"Desorientada por seu mestre, a Lua agora lamenta a fartura que antes exaltava, e o sermão de Júpiter segue o saturnino raciocínio da necessidade: Eu solicitei um e não cem milagres. Nem se quiséssemos, tu e eu, sozinhos, alcançaríamos em distribuir todos esses peixes pelos vilarejos vizinhos sem que apodrecessem no caminho. Que faremos agora? A Lua então se multiplicou."

F. gosta muito da escrita de M. Relê o texto dela. Lamentar a fartura que antes exaltava. Pela última vez, F. pensa que foi exatamente o que aconteceu com o conto doente: fartura demais. Ficou inchado de imagens, eventos, dispositivos narrativos, fugas. Não conseguiu respirar. Nem alimentar e ser alimentado com a leitura. Não havendo forma suficiente para carregar aquela história, F. escreveu outro texto, multiplicou a ideia original.

É improvável que o conto doente ganhe o concurso a que F. o submeteu, mas ele continuará lendo e escrevendo – reescrevendo –, multiplicando histórias, como sempre.

Alguns meses depois de terminar este texto, entretanto, F. descobre que seu conto descartado foi um dos vencedores do concurso. E pensa que escrever é queimar a língua.

Notas

As passagens da *Bíblia* inseridas no conto “Rua maravilha tristeza” foram aqui apresentadas na tradução de Frederico Lourenço. Companhia da Letras, 2017.

Agradecimentos

A Ricardo Domeneck, Juliana Travassos, Italo Diblasi, Leonardo Marona, Marcelo Reis. E também a Davi Pessoa, Flávio Morgado, Manoel Ricardo, Laís Velloso, Marcelo Lotufo, Rodrigo Nascimento, Erika Muniz, Sarah Valle, João Gabriel, Thamires Sarti, Debora Fleck, Pedro Lobo, Paulo Costa, Juliana Otoni, Pablo Gonçalo, Gustavo Pacheco, Andréa del Fuego, Daniel Francoy.

A Mariana, tantas vezes.

Frederico Klumb é escritor e pesquisador. Suas principais áreas de interesse são a narrativa curta, a poesia e o cinema. Publicou *Bichos contra a vontade* (poesia, 7letras, 2019), *cinema circular* (poesia, 7letras, 2018), entre outros livros. *Rua Maravilha Tristeza* é seu primeiro livro de contos.

ISBN 978-65-0048362-8

Este livro foi impresso na gráfica PSI7, em papel pólen bold 80 g/m² (miolo) e cartão 250g/m² (capa) e composto em Garamond